पद्मश्री प्राण

रेस हार्न, वर्ल्ड एन्सायक्लोपीडिया ऑफ
मिक्स के एडिटर ने कार्टूनिस्ट प्राण को
ल्ट डिज्नी ऑफ इंडिया' कहा है।
की कॉमिक्स पीढ़ी दर पीढ़ी बढ़ते हुए
जवानों की हमेशा साथी रही हैं। उन्होंने
ने कैरेक्टर्स 'चाचा चौधरी, साबू,
मतीजी, पिंकी, बिल्लू, रमन' इत्यादि के
नोरंजन का भरपूर लुत्फ उठाया है। उनके
00 से ज्यादा टाइटल्स मार्केट में बिक रहे
और दर्जनों स्ट्रिप्स न्यूज पेपर्स में छप रहे
चाचा चौधरी पर आधारित एक टी. वी.
रियल के लगातार 600 एपिसोड तक
प्रमुख चैनल पर दिखाए गए।
श्व के कई देशों का भ्रमण कर चुके, प्राण
'लिमका बुक ऑफ रिकॉर्ड्स' ने 'पीपुल
फ द ईयर अवार्ड' से सम्मानित किया है।
983 में उनकी कॉमिक बुक– 'रमन, हम
क हैं' का विमोचन तत्कालीन प्रधानमंत्री
मती इंदिरा गांधी ने किया।

प्रकाशक

कोई तो बीमार होगा।

मै चैक करता हूं।

तुम्हारी नानी बूढ़ी है। मैं इनके दांत खराब होंगे। मैं चैक करता हूं।

मुंह खोलकर दिखाओ, नानी।

दांत दिखाने के लिए मुंह खोलने की जरूरत नहीं है।

तुम दांत ऐसे ही देख लो।
!!

तुम्हारे दादाजी जरूर बीमार होंगे।

मैं उन्हें चैक करता...

...हूं! आऊ!!
भड़ाक !!

ओह !
भड़ाक !

डॉक्टर बागवाने!
आप ठीक तो हैं ना।
अ...हा!. हां !

हां ! मैं बिलकुल ठीक हूं।

मैं तुम्हारे घर में मरीज ढूंढकर रहूंगा। यह गिलहरी।
कुटकुट को कुछ नहीं होता।

ऐसा नहीं कहते।

हो सकता है यह बीमार हो।

मैं चैक करता हूं।

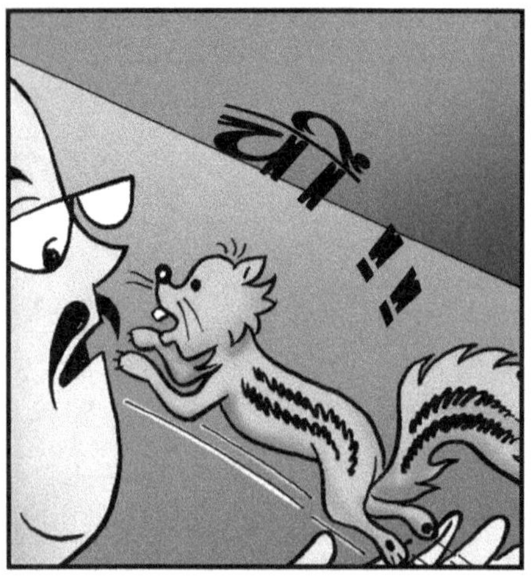

आऊ!
आह ह!

भड़ाक क!

आऊ ऊ!

मैं कहां हूं?

बधाई हो डॉक्टर बागवाने।
हमारे घर में आपको एक मरीज़ मिल गया।

और वह आप हैं।

पिंकी भूख का इंतजाम
आ गई बस।
मैं इसे रोकती हूं।

सवारी।

रोको।

चीं !!

कहां जाना है ?
जाना कहीं नहीं है। हम दोनों में शर्त लगी थी कि आने वाली बस का कंडक्टर मूंछों वाला होगा।

इसलिए मैंने बस को रुकवाया।

मैं शर्त हार गई, तुम्हारी तो मूंछें हैं ही नहीं।

अब तो भूख लगने लगी है पिंकी!
वह सामने शुहिना आंटी का घर है। वहीं चलते हैं, कुछ खाने।

ना बाबा ना, तुम जानती नहीं हो शुहिना आंटी को, वह बात-बात में गुस्सा हो जाती हैं ।

फिर गुस्से में उनके सामने जो चीज पड़ी हो फेंक कर मारती हैं ।
ऐसा

आंटी के पास बहुत सारे फल हैं ।

फिर तो लगता है हमारी भूख का इंतजाम हो गया ।

हाय ! पिंकी ।
हाय ! शुहिना आंटी ।

आंटी, आपकी नाक देखकर मुझे एक अच्छी चीज याद आती है।
अच्छा! कौन-सी चीज?

पकौड़ा!

गुर्र ई ई! पिंकी तुम्हारी यह मजाल।
मेरी नाक पकौड़ा!

गुर्र ई!!
गुर्र ई ई!
गुर्र ई!!!

कैच कर।

गुर्र ई ई।

बस शुहिना आंटी।

हमारे खाने का इंतजाम हो गया।

प्रा०1
चाचा चौधरी
और
क्रैस्पी का जादू

WASHINGTON

चाचा चौधरी
और
क्रिस्पी का जादू
AIRPORT

चाचा चौधरी !
हम सुबह इतने सवेरे
हवाई अड्डे की तरफ क्यों
जा रहे हैं ?

हवाई अड्डे की ओर।

क्या कोई
विशेष व्यक्ति
आ रहा है ?

AIRPORT

हम यहां वाशिंगटन स्टेट,
यू. एस. ए. से आए - एक बहुत खास
व्यक्ति क्रिस्पी को लेने आएं हैं।

इससे पहले मैंने यह नाम नहीं सुना।
वाशिंगटन स्टेट में विश्व के सर्वोत्तम सेब पैदा होते हैं।
पैसिफिक उत्तर पश्चिम अमरिका, वाशिंगटन में 1,70,000 एकड़ में फैला सेबों के उत्पादन का क्षेत्र है।
यहां के सेब विभिन्न प्रकार, स्वाद और रंग के होते हैं।
आपके तेज दिमाग का रहस्य 'हर रोज एक सेब' खाना है।
समुद्री सतह से 3000 फुट की ऊंचाई पर ये लोग सेबों को ताजा और खनिजपूर्ण पानी से सींचते हैं।

Tasty delight

WASHINGTON
No other apple comes close.
apples@scs-group.com • bestapples.com
facebook.com/WashingtonApples.India
twitter.com/WApplesIndia

WASHINGTON

मुझे भूख लगी है।

वह रहा, हमारा दोस्त क्रिस्पी।

भारत में आपका स्वागत है।

Wholesome health

WASHINGTON
No other apple comes close.
apples@scs-group.com • bestapples.com
facebook.com/WashingtonApples.India
twitter.com/WApplesIndia

WASHINGTON

मुझे विशेष सूत्रों से पता चला है कि क्रिस्पी अमरीका से भारत आ चुका है।

उसका अपहरण करके हम अच्छी रकम वसूल कर सकते हैं।

रुको, हम क्रिस्पी का अपहरण करने जा रहे हैं।

हम ने सुना है कि तुम वाशिंगटन स्टेट से सेब लाए हो।

वे डगडग के पिछले हिस्से में रखे हैं।

WASHINGTON
No other apple
comes close.

Washington Apples are a delicious source of dietary fiber which helps aid digestion and promotes weight loss.

pples@scs-group.com • bestapples.com
facebook.com/WashingtonApples.India
twitter.com/WApplesIndia

हूबा...हूबा !!
धड़ाक जो !
सरसराट !
Washington Apples contain almost zero fat and cholesterol

No other apple comes close.
apples@scs-group.com • bestapples.com
facebook.com/WashingtonApples.India
twitter.com/WApplesIndia

WASHINGTON

ओह ह !
धड़ाक् क !
बड़ाक् क !
आऊ !
वे कहां चले गए ?
मैं एक सेब खाता हूं ।
क्रिस्पी, आपका भारत में स्वागत है ।
सीधे वाशिंगटन स्टेट की जेल में ।

WASHINGTON
No other apple comes close.

Washington
Apples

Wholesome health

Healthy eating doesn't get better than this.
Every bite of Washington apples is filled
with juicy goodness.
So go ahead, take another bite!

पिंकी लड़ाई की शुरुआत

पिंकी
इतनी
उदास ?

क्या
हुआ ?

मेरी टीचर बहुत बीमार
थीं मम्मी।

तो क्या वह और ज्यादा बीमार हो गई ?

नहीं !

बिलकुल ठीक हो गई हैं।

उन्होंने मुझे एक जरूरी होमवर्क करने को दिया था।

जिसे मैं अभी तक नहीं कर पाई हूं।

उदासी छोड़ पिंकी !

होमवर्क का विषय बताओ,
मैं तुम्हारी मदद करूंगा !

लड़ ईकैसे शुरू होती है,
यह विषय है !

बहुत मुश्किल विषय है क्या पापा ?

नहीं, नहीं।
मैं बताता हूं।

कल्पना करो कि तुम्हारी मम्मी और उनकी सहेली में साड़ी को लेकर विवाद हो जाए।

एक मिनट रुको, ऐसे गलत उदाहरण बच्चे के सामने क्यों दे रहे हो।

यह तो बच्चे को बहकाना हुआ।

देखो मैं बच्चे को बहका नहीं रहा।

एक दम बहका रहे हो।

चुप करो तुम।

तुम चुप करो।
तुम चुप।
आप दोनों चुप हो जाइए।

मैं समझ गई हूं कि लड़ ाई कैसे शुरू होती है।

पिंकी और मैजिकल छाता

पिंकी अपने आप में बड़ी स्मार्ट बनती है।
आज उसे जमकर बेवकूफ बनाऊंगा।

पिंकी! देखो मेरे हाथ में क्या है?
ले! तुम्हें इतना भी नहीं दिख रहा।

रेड कलर का छाता है।
यह छाता मैजिकल है।

इसके नीचे जो आएगा। वह तुम्हारे बारे में ही सोचेगा।

इसे लेकर जाओ शाम को वापस कर देना।
ठीक है।

धूप से बचने के लिए छाता।

क्या मैं तुम्हारे छाते के नीचे आ सकती हूं ?
क्यों नहीं, निक्की।

मैंने तुमसे कई दिन पहले तुमसे कुछ पैसे उधार लिए थे ना।

यह लो।

धूप में क्यों चल रहे हो रोनी। मेरे छाते के नीचे आ जाओ।

थैंक्यू पिंकी।

लो तुम भी चॉकलेट खाओ।

वाह! रोनी अपने हिस्से का चॉकलेट खिला रहा है।

वाह ! क्या बात है इस छाते की।

रपटजी ! धूप से बचना है, तो आ जाओ।

थैंक्यू पिंकी।

मैं एक नई गेम लाया हूं। जब भी खेलने का दिल करे, मेरे घर आ जाना।

इस छाते ने तो कमाल कर दिया।

शाम को ...
यह छाता तो सचमुच मैजिकल है।

बड़ा काम किया इस छाते ने।

मैं पिंकी को बेवकूफ बना रहा था, संयोग से उसके साथ आज अच्छा ही हुआ।

वह भी इस छाते की वजह से।

क्या सचमुच इस छाते की वजह से कोई किसी के पीछे पड़ सकता है?
भगां !!!

भगां !!
बचाओ !

सांड तुम्हारे पीछे... जरूर तुम्हारे मैजिकल छाते का कमाल है।
© PRAN'S FEATURES

पिंकी — गंभीर बीमारी

इतने परेशान क्यों हो भोलू पहलवान ?
मेरी टांगों का रंग अचानक नीला होने लगा है। पता नहीं क्यों ?

ओह ! शरीर का कोई अंग तभी नीला होता है जब उसमें जहर फैल जाए।

कोई गंभीर बीमारी लगती है।

मैं इसका इलाज ढूंढकर अभी आई।

मेरे दादाजी के पुराने नुस्खों की यह किताब कब काम आएगी।

इसमें तुम्हारी नीली होती टांगों का इलाज लिखा है।

थोड़ा महंगा है।
कोई बात नहीं।

जल्दी ही...
दस हजार रुपए लग गए।
तो क्या हुआ ?

इससे तुम्हारी टांगों का नीलापन ठीक हो जाएगा।

कुछ दिनों बाद...
क्या हुआ ?

मेरी टांगों का नीलापन नहीं गया।
ओह ! लगता है कोई गंभीर बीमारी है।

इसमें ऐसी बीमारी के लिए एक तेल लिखा है। महंगा है। लेकिन बहुत अच्छा है।

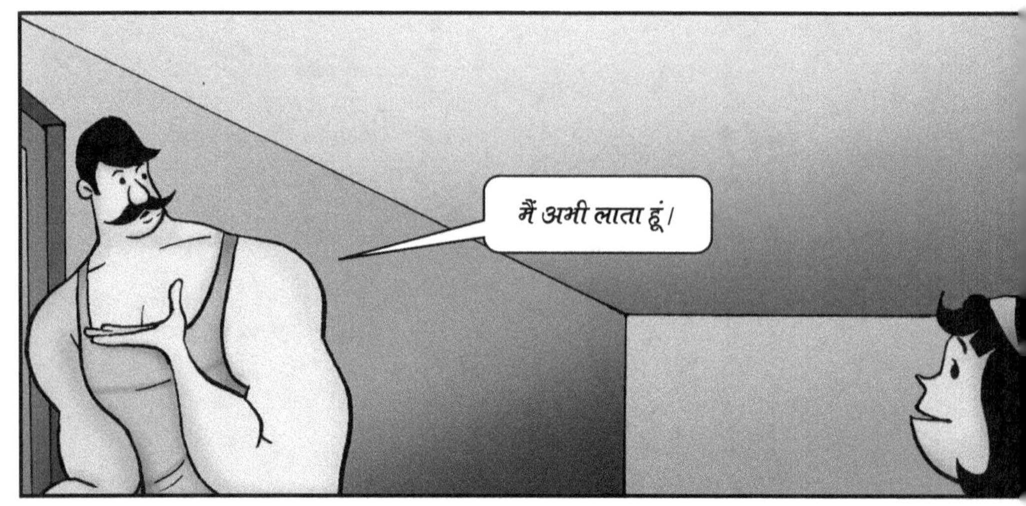
मैं अभी लाता हूं।

शाबाश! अब इस तेल को पैरों पर खूब लगाओ।

ठीक हो जाओगे।

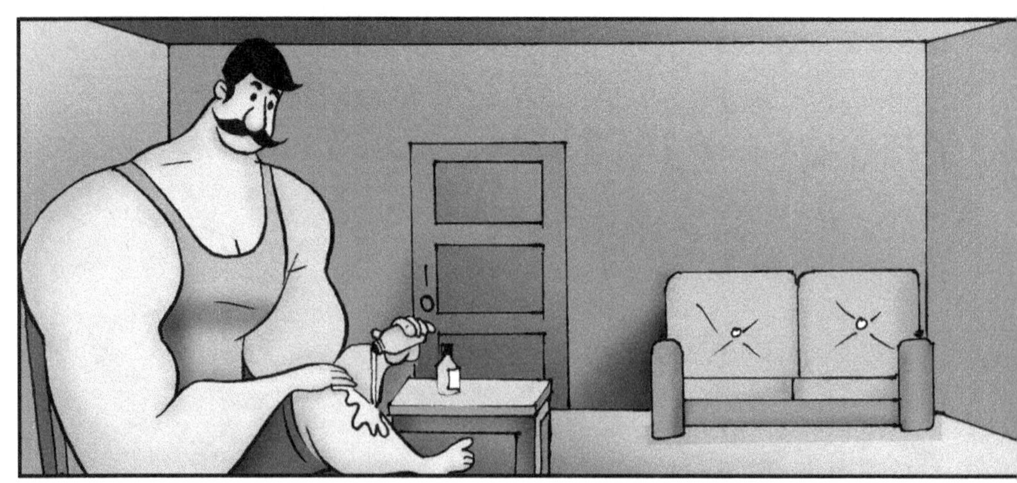

बहू हू हू !
अब क्या हुआ भोलू पहलवान ?

देखो !

तुम्हारी टांगों का रंग देखकर अब तो एक ही नतीजा निकलता है ।

तुम्हारी लुंगी का नीला रंग छूटकर तुम्हारी टांगों को लग रहा है ।

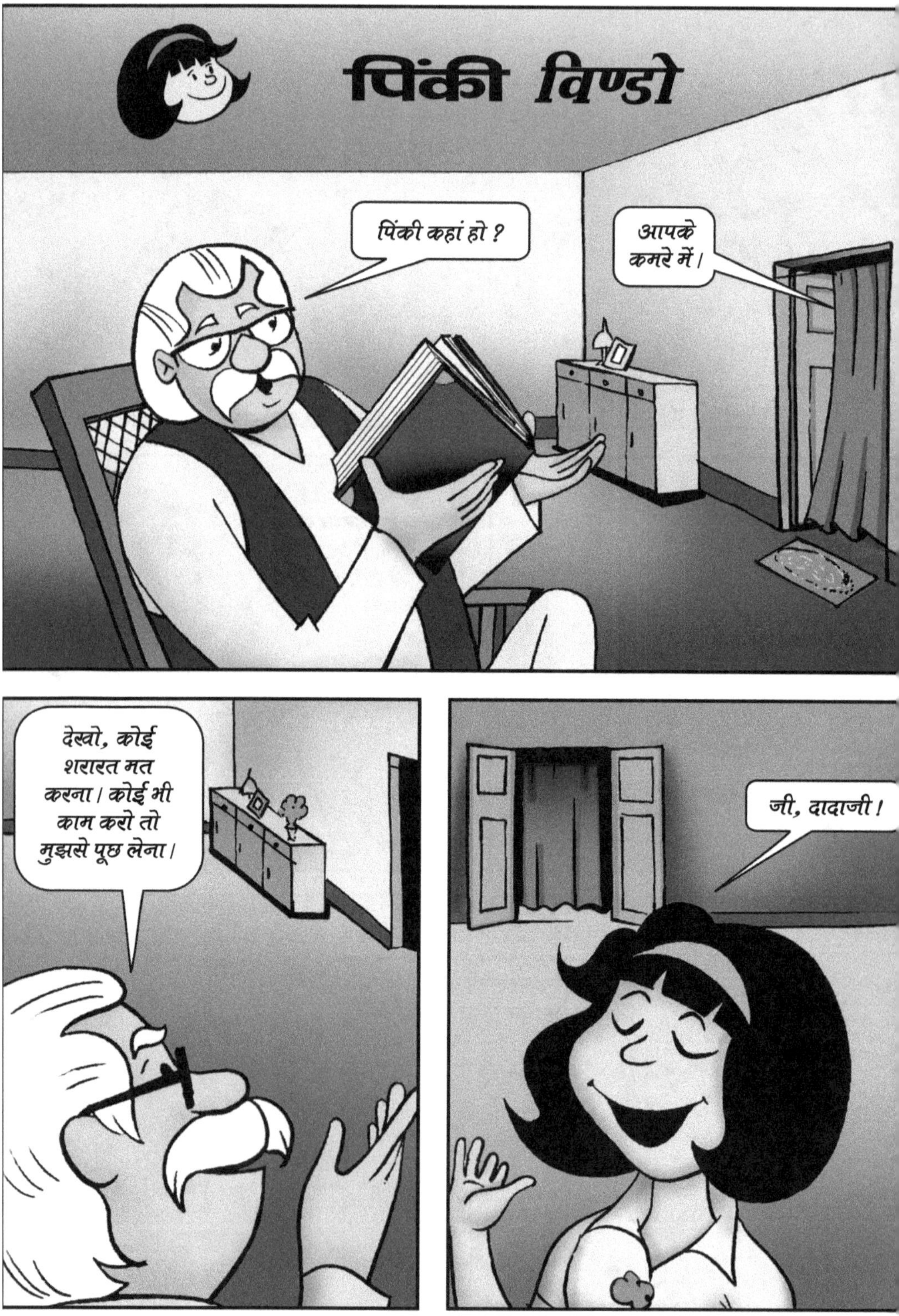

पिंकी विण्डो

जल्दी ही...
लगता है दादाजी से पूछना पड़ेगा।

दादाजी !
पिंकी मैं जरूरी काम कर रहा हूं। परेशान मत करो।

दादाजी वह...
अच्छा जल्दी बताओ क्या काम है ?

दादाजी विण्डो नहीं खुल रही।

बस इतनी-सी बात। थोड़ा-सा तेल गर्म करके डाल दो, खुल जाएगी।

दादाजी वह...
देखो पिंकी ज्यादा सवाल करके समय मत खराब करो।

जाओ, जैसा मैंने कहा वैसा करो।

ठीक है।

जल्दी ही...
दादाजी!
पिंकी तुम?

अच्छा बताओ अब क्या है?
दादाजी विण्डो अभी भी नहीं खुल रही।

तेल डालने के बाद भी नहीं खुली ?
...ी नहीं।

तो फिर ऐसा करो उस पर हलकी-हलकी चोट मारो, खुल जाएगी।
लेकिन दादाजी वह...

पिंकी!
सॉरी दादाजी, मैं जाती हूं और वही करती हूं जैसा आपने कहा।

गुड गर्ल।

जल्दी ही...
छनाक!
अरे!

यह पिंकी ने क्या तोडा ?

हे भगवान ! मेरा लैपटॉप।

तुमने लैपटॉप क्यों तोडा पिंकी ?
मैं इसी की ही तो विण्डो खोलने की कोशिश कर रही थी, आपनेप. हले इस पर तेल डालने की सलाह दी ...

फिर चोट मारने की। आपकी सलाह का ही यह नतीजा है।

हे भगवान ! मुझे क्या मालूम था कि तुम कम्प्यूटर विण्डो की बात कर रही हो।

पिंकी
बाबा कलंदर

सुनो...सुनो ! आपकी हर मनोकामना पूरी करेंगे, कलंदर महाराज ।

महाराज ! आज मेरा क्रिकेट मैच है ।
बच्चा, बाबा कलंदर का प्रसाद खाओगे तो सेंच्युरी बनाओगे । कीमत रुपए ।

यह लीजिए पैसे । प्रसाद दे दीजिए ।

सुनहरा मौका ! प्रसाद खाओ और कामयाब हो जाओ ।
पिंकी ! मुझे भी प्रसाद खिला दो ।
चम्पू ! मेरे साथ चलो ।

लो, बच्चा ! इसे खाओ । तुम्हारी विजय होगी ।

सरपट दे !

धड़ाक क !

आउट !
हैं !! यह कैसे हो गया ! बाबा कलंदर ने कहा था कि मैं सौ रन बनाऊंगा । मैंने उनका प्रसाद खाया है ।

और मैंने डबल प्रसाद खाया है । मैंने बाबाजी को रुपए दिए , उन्होंने मुझे पहली बॉल पर बैट्समैन को आउट करने का आशीर्वाद दिया था ।
ऐसा ?

भागो !

पिंकी
पॉप सिंगर

पिंकी ! मैं कैसा दिखता हूं ?
चम्पू ! यह क्या हुलिया बना रखा है ?

मैं हूं , भारत का माइकल जैक्सन । पॉप सिंगर का जरा हटके लुक होता है ।

मेरा नया गाना सुनो । मुझको कहते पागल झल्ला... जाग उठा बागड़ बिल्ला ...

आया देखो माइकल, उसकी पंक्चर साइि. कल !
रॉक-एन-रोल... बजाओ तबला और ढोल ।

वाह ! तुम जैसे सिंगर को तो विदेश में परफॉर्म करना चाहिए ।

यह लो विदेश यात्रा का टिकट! वहां जाकर अपने संगीत की धूम मचा दो।
थैंक्स! आप एक सच्चे कद्रदान हैं।

मेरी एसी. कार तुम्हें एयरपोर्ट छोड़ नेको तैयार है।

बाय! बाय!! माइकल जैक्सन जूनियर।
वहां तुम किसी को डिस्टर्ब नहीं कर सकोगे।
राजा साहब! आपने उसे कहां भेजा है?

जहां वह बेसुरा गायक किसी की शांति भंग ना कर सके।
ऐसी कौन-सी जगह है?

वह फ्लाइट उसे सहारा रेगिस्तान में छोड़ देगी। वहां उसका कान-फोड़ू संगीत सुनने वाला कोई नहीं होगा।

पिंकी
बैडमिंटन

जाओ, बाहर जाकर खेलो। टी.वी. देखोगी तो बिजली का बिल ज्यादा आएगा।

सिल्की! तुम बस खाती रहती हो। तुम्हें कसरत करनी चाहिए।

खाने से दांतों की कसरत हो जाती है।

क्यों न आज हम बैडमिंटन खेलें?
क है। तुम हती हो तो ही सही।
CLUB

ड्प्प!

लो सम्भालो मेरा तेज शॉट !
रटाक कै !

शैतान लड़कियों ! तुमने क्लब का नेट फाड़ डाला।

सिल्की ! भागो !

लीजिए पांच हजार रुपए का बिल। आधा आप और आधा सिल्की की मम्मी भर दें
बिल ?
हां ! पिंकी और सिल्की ने क्लब का नेट फाड़ डाला है।

पिंकी
का ड्रामा

अंग्रेजों ! भारतीयों को कमजोर मत समझो। बच्चा-बच्चा अपनी मातृभूमि के लिए कुर्बानी देने को तैयार है।

हम तुम्हारा देश हथियाने नहीं आए, फिर तुम हमारा देश हड़पने क्यों आए ?

याद रखो ! तुम यहां टिक नहीं सकते। तुम्हें हमारी धरती से जाना होगा।
पिंकी खंभे से बातें कर रही है ? कहीं वह पागल तो नहीं हो गयी ?

क्यों न पिंकी के इस पागलपन का मैं फोटो खींच लूं। वह तस्वीर सब फ्रेंड्स को शेयर करुंगा, सब पिंकी की खिल्ली उड़ाएंगे।

तुम हमें जंग की धमकी देते हो ?... हम डरपोक नहीं।
जरा पास जाकर फोटो लेना चाहिए।

फिरंगियों! वापस जाओ।

तभी.
स्टॉक क !

थप प !

पिंकी! तुम्हारे डंडे ने मेरे कैमरे को टूटने से बचा लिया, वर्ना गेंद मेरे कैमरे पर आ लगती।
गारो, तुम ?

मैं खंभे से बोलते हुए तुम्हारा फोटो खींचना चाहता था , मैं इसे तुम्हारा पागलपन समझ बैठा था।
वह मैं ड्रामे के लिए रिहर्सल कर रही थी।

www.chachachaudhary.com

कांस्टेबल गतका! मैंने एक चोर को देखा है।
कहां ?

कुछ देर पहले वह यहां था।
मुझे बेवकूफ बना रही हो!
कॉर्पोरेशन कूड़ेदान

आक्-छीं!
छींकने की आवाज! उस चोर को जुकाम था।

हां! वह यही है।
चलो, नीचे उतरो!

थैंक्स पिंकी! अब मेरा प्रमोशन हो जाएगा।

9 789385 856525